雪あかり

俳句　美濃晋平
墨絵　宮川稲雪

はじめに

一九九一年に数名で始めた「フォーラムファジー」もあと少しで三〇年を迎えようとしています。

当初エーザイ社内の異部門間の情報交換、話題提供の会としてスタートしました。最初は数名で始めた内輪の会でした。五回目に杉本八郎氏（俳号：薬王子）が「俳句の楽しみ」について話題提供しました。これを機に「フォーラムファジー」は情報交換、話題提供と俳句の会が並列する二部形式になりました。

その後社内のメンバーに限定しないで社外の人も加わりました。職業も様々で、大学の先生、お寿司屋さん、新聞記者、幼稚園の先生、看護師さん、女子大生、出版社の編集長などです。しかし当時若かった人達も三〇年の歳月で高齢化を迎えています。

この三〇年の歳月の間に出句した俳句が散逸していることに、私は最近気付きました。二〇二〇年九月現在、散逸を免れた俳句を集め現時点の記録として「雪あかり」にまとめることとしました。この句集は俳句を通しての私自身の人生のアルバムでもあります。

句集を纏めるに当たり、フォーラムファジーの事務局及び記録を長年務めていただいている吉武繁廣氏にご協力をいただきました。この場を借りて御礼申し上げる次第です。

平成三年五月二十九日：シャボン玉・土筆

少年の　シャボン玉舞う　大屋根に

日だまりで　猫がおいかけ　シャボン玉

畦道の　土筆耕す　耕運機
ままごとで　土筆いただく　小さな手

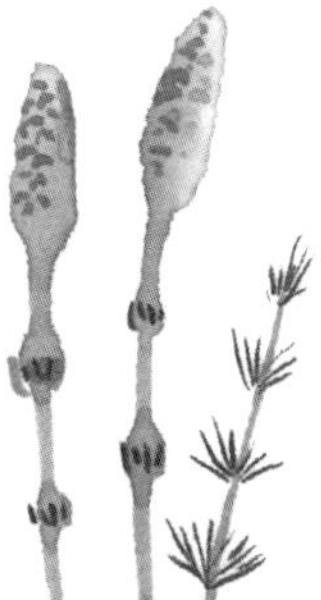

平成四年四月一日：初雪・ドント祭

初雪の　とける音きく　四畳半

初雪や　南天の実は　赤こうして

初雪や　火鉢に並ぶ　紅葉の手

送り火に　父の背広し　ドント祭

ドント祭　消えたる闇に　星高し

そろそろと　祖母の手を引き　ドント祭

平成四年四月：四月ばか・蝌蚪《おたまじゃくし》

大あくび　犬と目があい　四月ばか

ひねもすに　遠く見る老犬　四月ばか

蝌蚪取りや　つくしの茎は　長うして

蝌蚪取りや　白球追う声　空高し

平成四年六月：紫陽花・冷奴

病む床で　じっと見つめし　がく紫陽花

蛇の目傘　朱の色を増し　紫陽花寺

冷奴　母の手黒し　里帰り

孫の声　路地を駆け抜け　冷奴

朝顔の　絵日記入れた　ランドセル

十回忌　父も一緒に　盆踊り

客去りて　母とすすりし　心太

竹林の　風渡り来る　心太

ひまわりを　間に友と　立話

昼寝さめ　大ひまわりに　雲立ちぬ

平成六年九月三日：赤蜻蛉《あかとんぼ》・銀杏・夏合宿・サルビア

釣り下手の　棹に寄り来る　赤蜻蛉

赤蜻蛉　寄り来て休む　父の墓

赤蜻蛉　縄文土偶を　動かざり

山裾に　近く見えたる　大銀杏

銀杏の実　落ちて寄り合う　岩窪地

大銀杏　天を支える　伝通院

玄関の　履物乱れ　夏合宿
水不足　サルビアの赤　深くして

平成六年十一月十一日：ススキ・神無月

奥座敷　こぼれ咲きぬる　ススキ花

初孫に　ススキミミズク　買い足しぬ

廃屋を　そっと包むか　大ススキ

神無月　月にも届く　犬の声

薬害に　ひっそり生きる　神無月

一人居の　母に文書く　神無月

薄墨に　色濃く描く　福寿草

福寿草　霧吹き済ませ　客を待つ

初夢に　似た女《ひと》来たり　日比谷駅

初夢は　おロモグモグ　ママのひざ

平成七年三月‥ひこばえ・朝寝・団扇《うちわ》

雨あとに　ひこばえのびて　鳥の声

ひこばえを　覆う葉よける　小さな手

朝寝さめ　包丁の音　続きたり

コンチキチン　ハッピにゆれる　大団扇

奥座敷　女将《おかみ》があおぐ　団扇の香

鈴虫の　声澄み渡り　終電車

鈴虫の　声そろいたる　線路道

一人居は　鈴虫の声　聴いて寝る

名月の　池のさざ波　底ひかり

名月や　海に向いし　桂浜

芭蕉の葉　灯のみえかくれ　受験生

芭蕉の葉　破れ土塀に　凛と立ち

平成七年十一月：河豚・スキー

河豚鍋の　火細くして　酔いつぶれ

河豚ちりや　三味の音恋し　博多の夜

河豚鍋や　時が過ぎゆく　窓の外

月光に　犬が守りし　スキー宿

入口に　ペアーで並ぶ　スキー板

平成八年一月：寒椿・節分

帰郷の日　文置添えし　寒椿

木漏れ日の　竹林にゆれる　寒椿

色は白　茂みを照らす　寒椿

夕げの灯　節分の声　路地に消え
孫の靴　そろえて明日は　鬼やらい

平成八年三月：花冷え・雛

花冷えや　杯に浮かべし　月を飲み

花冷えや　雲に隠れし　月あやし

老い桜　命を降らす　花冷え夜

人の居ぬ　雛の座敷を　猫守り

旅先の　雛の宿にて　句をひねり

平成八年五月：山吹雪・紙風船

傘さして　山吹手折る　指白し

山吹の　咲き残りたる　破れ門

山吹の　しずくの下の　水車小屋

紙風船　ビルの谷間に　留まれり

広き空　母娘打ち合う　紙風船

平成八年七月‥百日紅《さるすべり》・日焼け

命日や　香煙の中　百日紅

百日紅　散り残りたる　原爆の日

百日紅　花を残して　森眠る

地下鉄を　かけ上りゆく　日焼け顔

夕の浜　潮に洗われ　日焼け瓶

無住寺　土塀の隅に　柘榴あり
線路道　時間を止めて　ミミズ鳴く

白菜の　取り残したる　宵の月

軒先に　届け置かれし　朝白菜

窓明り　軒に積みたる　玉白菜

白菜に　旬を取り込む　鷹の爪

白菜の　山に置きたる　菜包丁

酉の市　もう酉の市で　早や一年

灯にゆれる　梢のむこう　酉の市

若文字の　少し枯れたる　去年今年

どっぷりと　湯屋で鐘聞く　去年今年

夕焚き火　子の顔照らし　去年今年

アルバムを　間に友と　去年今年
梵鐘の　音色尾を引く　去年今年
大空に　幟うなりて　去年今年

やっと来た　海いっぱいの　初明り

床の間の　実千両に　初明り

朱に染めて　河口を照らす　初明り

平成九年三月：柳の芽・春の山

ジョギングの　姿遠のく　柳の芽

月遠く　水面にゆれる　柳の芽

春の山　ゆっくり回る　グライダー

春の山　段々畑の　続きたり

行きずりに　母娘の香り　春の山

平成九年九月：笹竜胆《ささりんどう》・芋虫

つくばいの　水面に揺れる　笹竜胆

岩陰に　笹竜胆の　隠れ里

空高く　ビルの谷間に　笹竜胆

芋虫の　白肥《ふと》りたり　風高し

芋虫の　這い登りゆき　アゲハ待つ

平成十年二月：霜柱《しもばしら》・ヒヤシンス

竹藪が　ごうごう騒ぎ　霜柱

大鳥居　柱の下《もと》の　霜柱

天空に　星輝けり　霜柱

待つ人の　足音近き　ヒヤシンス

客去りて　机の上に　ヒヤシンス

平成十年九月‥新そば・葛の花

新そばを　差し出す老女の　帯白し

新そばの　湯気をかき消す　子らの声

旅人が　小さく見ゆる　葛が原
籠背負い　山おりる人　葛の花
葛の花　岩場の向こうに　寺ひとつ

平成十年十二月六日 ‥ 枯れ菊・凍滝《いてだき》

枯れ菊や　夕日に向かう　里の犬

枯れ菊や　山門へ道　続きたり

枯れ菊や　人に寄り来る　迷い猫

凍滝や　時空を止めて　風の音

凍滝や　梢に残る　柿ひとつ

平成十一年二月六日：如月《きさらぎ》・千両

如月や　我の足音　ビルを行く

如月や　天空にらむ　鬼瓦《おにがわら》

如月や　池の水鳥　数を増し

千両を　生けた障子の　話し声
北窓の　明かりにゆれる　実千両

平成十一年四月‥陽炎《かげろう》・蜆汁《しじみじる》

鬼瓦　陽炎立ちて　笑いけり

良く寝たり　陽炎ながめ　茶をすする

蜆採り　白き素足の　女子大生

里帰り　昔ながらの　蜆汁

かき揚げ天　黒き小粒の　蜆汁

平成十一年六月十二日 ∴ 浜木綿《はまゆう》・ナイター

浜木綿の　香り残して　遍路道

浜木綿の　花のむこうに　水平線

潮騒や　浜木綿の花　思いだし

今はなし　ナイター観戦　ラムネ売り
終電車　ナイター帰り　まだ元気
ナイターの　終わりし空に　星一つ

平成十一年十月三十日‥赤まんま・芋嵐《いもあらし》

立ち延びし　荒田に残る　赤まんま
石仏に　子らがそなえし　赤まんま
里犬が　ぬっと立ち去る　赤まんま

空広し　月まだ若く　芋嵐

芋嵐　露振り払い　胸騒ぎ

障子影　月に延びたる　冬木立

冬木立　木漏れ日浴びて　雀鳴く

参道の　踏石細く　冬木立

廃屋や　天を支えし　冬木立

冬木立　ゴリラのしぐさに　我を見る

母の香の　新しき日に　入学す

入園児　背伸びする母　振り返り

教科書を　並べて眠る　入学児

朝の浜　波に透き通う　桜貝
桜貝　思い出の品　初デート

平成十二年七月一日：六月《みなづき》・柿若葉

六月や　裾野に雲海　浅間山

柿若葉　就職祝いの　メール打つ

水しぶき　鳥が飛び立つ　柿若葉

柿若葉　風わたり来る　見合い席

君といた　柿若葉陰　時はるか

研究会　柿若葉の日　初渡航

裏戸口　住む人ゆかし　金魚草

次々と　雲渡りゆく　天の川

筑波山　峯の端てらす　天の川

天の川　遠音で渡る　祭り笛

大並木　風にゆらめく　天の川

平成十二年四月二十一日：山桜・春の海

峠路や　休む茶店に　山桜

山桜　散り花さける　石畳

釣り船を　余して　一面山桜

釣り人の　置き笠にふる　山桜

春の海　古鏡のごとき　月照らす

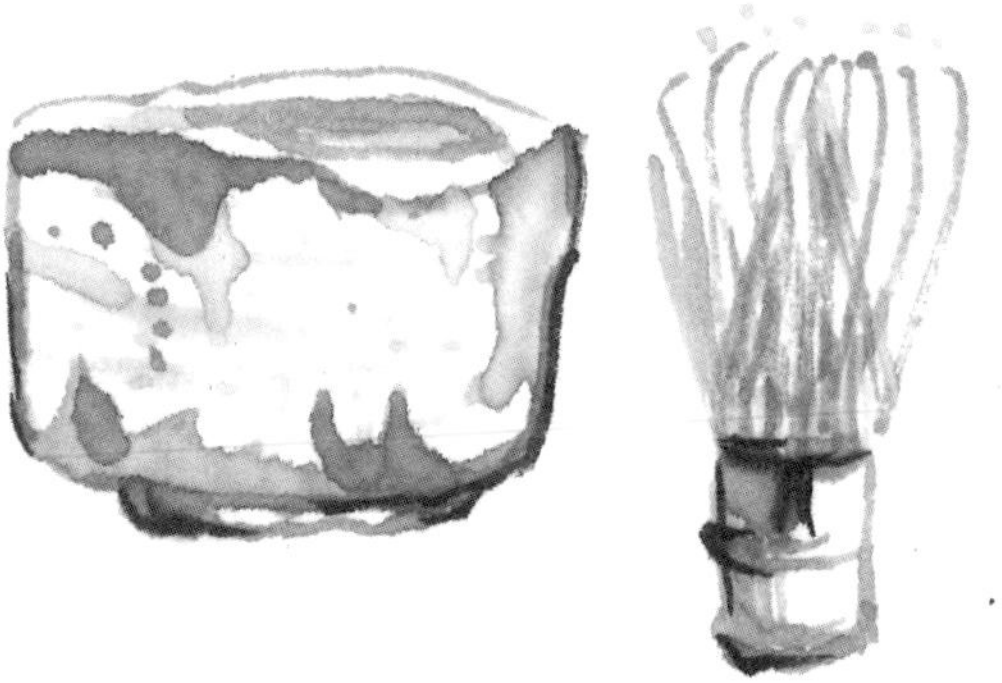

平成十三年十月二十八日‥蝗《いなご》・女郎花《おみなえし》　於いて修善寺

刈あとに　ポツリポツリと　蝗飛ぶ

朝露を　散らして飛び交う　蝗かな

生垣に　夕暮れ待つは　女郎花

風通り　人の残り香　女郎花

甘味茶屋　客間にぽつんと　女郎花

平成十三年十一月三十日：万両・鰭酒《ひれざけ》

万両や　障子の内で　子らの声

道続き　夕闇照らす　実万両

実万両　大岩陰に　凛と立ち

鰭酒や　時の過ぎゆく　窓の外

鰭酒や　窓明りの中　人の声

寒雀　羽毛立てたる　障子影

水しぶき　はっと飛び立つ　寒雀

大瓦　声晴れ渡り　寒雀

薄氷や　木の葉集めて　岩窪地

切り花の　茎に残りし　薄氷

平成十四年三月十五日：ひな菊・花菜漬

ひな菊や　青空高く　ボール飛ぶ

ひな菊や　広きため池　魚はね

ひな菊や　ゆったり通る　子らの声

花菜漬　朝の香高き　海の音
潮寄せる　小窓をあけて　花菜漬

受話器置き　家族不仲の　一葉忌

一葉忌　菊坂脇に　手こぎ井戸

一葉忌　豆腐屋の声　路地に消え

風呂吹きや　時の過ぎゆく　一人酒

風呂吹きや　上司の会話に　耳を立て

平成十六年二月十四日：白根草・深梅

ゴンゴンと　豊かに流れる　芹の水

白根草　しずかに動く　鯉の影

白根草　ゆれる水面で　魚ひかり

探梅や　遠くで聞ゆ　高笑い

探梅や　土橋を渡る　ランドセル

平成十六年四月二十四日：春の雲・石楠花《しゃくなげ》

春の雲　映す水面に　魚ひかり

春の雲　カラフルボート　数を増す

ビルの間に　ゆっくり動く　春の雲

石楠花や　長き白壁　会津路

石楠花や　氷河削りし　岩ならん

石楠花や　裸電球　無人駅

平成十六年七月三十日：シャガの花・素足

石畳　登る和服に　シャガの花

シャガの花　朝露散らし　鳥立ちぬ

つり橋や　清流見下ろす　シャガの花

湯上りの　素足で渡る　長廊下

朝の浜　白き素足を　子犬追い

平成十六年十月二日：紅葉かっちる・柿　於いて京都

風もなく　紅葉かっちる　滝の音

輝けと　紅葉かっちる　一里塚

鬼瓦　笑う目線に　柿ひとつ

柿ひとつ　遠音で通る　祭り笛

廃屋を　背負いて立てる　柿たわわ

銀閣寺　杉苔切り取る　シャッター音

杉苔に　落ちて輝く　うめもどき

千代の槙　室町の夢　瀬音聞く

平成十七年一月十二日：雪あかり・南天

暮れなずむ　家路に続く　雪あかり

風止みて　遠き笛の音　雪あかり

雪あかり　大屋根貫く　犬の声

松明《たいまつ》の　燃える匂いや　雪あかり

灯火《ともしび》が　ゆれる風有　雪あかり

路地に出る　人影暗し　雪あかり

板玄関　赤南天の　影写し

朝出張　赤飯弁当　葉南天

平成十七年四月二十七日：花吹雪

花吹雪　ジョギングの声　かき消しぬ

花吹雪　街灯照らす　黒い幹

花吹雪　動かぬままの　老夫婦

花吹雪　月を浮かべて　酒あおる

水青し　釣り船残し　花吹雪

石畳　登る和服に　花吹雪

鳥の声　酒の香残し　花の朝

春惜しむ　朝一番に　大掃除

行く春や　子犬連れたる　女の香

病む便り　春一番の　狂い風

平成十七年六月二十五日：杜若《かきつばた》・夏近し

ランドセル　渡る土橋に　杜若

杜若　映す水面に　鯉の影

幼子の　スキップ高く　夏近し

人ごみに　白きブラウス　夏近し

夏近し　都庁上空　ヘリコプター

平成十八年二月二十五日：四温・山葵田《わさびだ》

四温の日　一人足湯で　古書を読む

四温晴れ　骨董市も　人を増し

山葵田や　投網のごとき　清水落ち

山葵田や　水面光れり　水の音

山葵田の　水面揺らして　風渡る

平成十八年四月二十三日：すみれ・石ボタン《いそぎんちゃく》

すみれ坂　ベビーカー押す　年長さん

幼子の　指さす先に　山すみれ

パパの背で　すみれを握る　小さな手

大岩場　素足に触れる　石ボタン

大波の　引きて数増す　石ボタン

平成十九年二月三日‥寒卯・氷柱《つらら》

還暦や　滋養強壮　寒卵

手のひらに　生命伝わる　寒卵

小粒玉　黄味彩やかに　寒卵

寒卵　品よく割る手　若女将

デパ地下で　有機野菜と　寒卵

風止みて　社《やしろ》の氷柱　灯を映し

大氷柱　時空を止めて　風の音

古宿の　湯煙の先に　大氷柱

朝日さす　氷柱の先　玉しずく
長短《ながみじか》　氷柱の下　ランドセル

平成三十年二月十日：目刺・薄氷

犬の声　目刺を焼いて　日記読む

昼下がり　女将の小言で　目刺喰う

青い空　薄氷をわる　ランドセル
薄氷が　キラリキラリと　田んぼ道

平成三十年四月二十七日：山桜・亀が鳴く

手水鉢　水面に映る　山桜

山桜　高く延び行く　ジェット雲

山桜　ビルの谷間を　舞い上がり

亀が鳴く　文の置かれし　四畳半
病む床や　亀の鳴く声　耳澄ます

深山の　木漏れ日の中　水芭蕉

御用邸　沢影照らす　水芭蕉

新幹線　両隣で　鰻弁

昼下がり　路地に白煙　鰻の香

送り火に　駆け出す孫の　足の音
送り火の　煙戸口に　留まれり
送り火や　静けさを増す　家の内
送り火や　消えたる闇の　深さかな

仏前に　鎮座まします　大西瓜

ポンポンと　西瓜をたたき　品定め

早朝の　西瓜畑に　月高し

平成三十年十二月十五日：湯冷め・凩《こがらし》

湯冷めして　友と語らう　奥座敷
湯冷めする　母の小言　今はなし
後少し　湯冷めいとわず　流星群

凩に　那須連山　動かざり

凩や　地蔵頭巾の　深くして

凩や　木の葉のように　子供散り

凩や　ビルの谷間に　月清し

平成三十一年二月十六日：草萌《くさもえ》・白魚

草萌を　走る仔馬も　汗をかき

草萌の　土橋を渡る　ランドセル

朝日さす　大岩陰に　草萌える

白魚網　上げるしぶきに　数を増し

白魚や　和服の女《ひと》も　踊り食い

白魚や　清水透かして　光りけり

宮川　稲雪　作

草萌の　丘に現わる　名画のシーン

草萌の　土手に響くや　孫の声

白魚や　もみじおろしに　降りかかる

白魚や　無垢の白木に　こぼれたり

平成三十一年四月十三日：雪柳・春の夜

廃屋の　石垣覆う　雪柳

雪柳　咲きこぼれたる　手水鉢

奥暗き　座敷の前に　雪柳

雪柳　戸口清めて　客を待つ

雪柳　小さく潜《くぐ》る　ランドセル

春の夜　隣《となり》のピアノ　続きたり

春の夜　長き文書く　京の宿

春の夜　ゆっくり歩む　母娘づれ

春の夜　夕餉《ゆうげ》の煙　留まれり

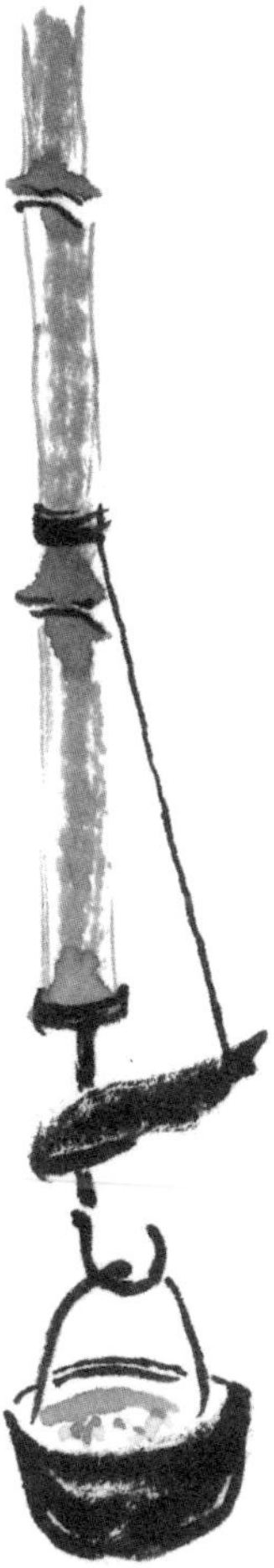

宮川　稲雪　作

雪柳　疎水を抱きて　咲き誇り
雪柳　思いのままに　枝伸ばし

春の夜　あれもしようと　寝付かれず

春の夜　六十兆が　スタンバイ

令和元年六月二十二日：初浴衣・鴨足草《ゆきのした》

松葉影　君が手触れし　初浴衣

行きずりの　白き浴衣に　麝香《じゃこう》の香

初浴衣　白き素足に　目をそらし

初浴衣　綿菓子握る　小さな手

鴨足草　大岩陰に　凛と立ち

木漏れ日の　岩陰守る　鴨足草

坪庭に　人生見たり　鴨足草

静けさや　水面を照らす　鴨足草

宮川　稲雪　作

初ゆかた　裾さばきにも　粋と涼

初ゆかた　揃いの柄に　はしゃぐ声

雪の下　冬のみやげか　手を伸ばす

雪の下　葉布団敷きて　花の精

路地裏で　読経が続く　盆提灯

祭り笛　父の背広し　盆提灯

葛の花　雨夜の朝日に　色を増し

山深き　夜汽車にゆれる　葛の花

葛の花　朝露含み　輝けり

宮川　稲雪　作

盆提灯　祖先を偲び　夏が来る

葛の花　野趣と優美を　併せ持つ

令和元年十二月七日：河豚・冬菜

河豚鍋や　湯気の向こうに　友の顔

河豚鍋や　時が過ぎゆく　下駄の音

響灘　寿司屋に並ぶ　河豚提灯

留守宅に　冬菜置かれし　窓の下

土橋すぎ　水面流れる　冬菜の根

朝の月　取り残したる　冬菜かな

令和二年二月一日：立春・バレンタイン

立春の　朝日に祈る　父母の影

立春や　水辺の鳥も　数を増し

太文字で　立春と書く　孫の筆

孫娘　指白くなり　バレンタイン
もしかして　何事もなく　バレンタイン
バレンタイン　かくまで苦し　一人コーヒー

令和二年四月二十五日：蝌蚪《おたまじゃくし》・春灯

土橋越え　孫が指さす　蝌蚪の群れ

蝌蚪二匹　神社の脇の　手水鉢

溜池に　雲を映して　蝌蚪潜む

春灯下　小雨がけむり　犬の声

春灯の　闇の向こうに　星一つ

春灯下　旅籠の床や　黒光り

令和二年六月二十日：十薬《どくだみ》・蝸牛《かたつむり》

十回忌　十薬の花　盛りなり

十薬を　一輪生けし　母はなし

廃屋の　雨だれにゆれ　十薬草

大欅　幹をゆっくり　蝸牛
蝸牛　身を透かして　何を待つ

あとがき

句集をまとめるにあたり、五十年以上の友人である宮川宏（稲雪）氏に句集の挿絵（墨絵）をお願いしました。五十年の大半を互いに異なる道を歩いて来ましたが、人生の織り目節目で再会を繰り返し、宮川氏は私の人生のよき理解者であるからです。

挿画をお願いするに先立ち、俳句を交換することが数度ありました。その時頂いた俳句を宮川稲雪作として、併記することを快諾いただきました。

いま改めて読み返してみると、同じような情景や、同じような言い回し、信条、視点等、気になる点が多く目につきました。しかし改変は最小限とし、明らかな誤りや、不適切な表現等に修正は留めました。

また句集の構成に関して、季語による分類、時系列、句の内容別などいろいろ考えましたが、本句集は俳句を通じての私自身のアルバムということで、時系列としました。

今後も俳句を続けてゆきたいと考えております。

二〇二一年一月　晋平

美濃 晋平（本名：伊藤 正春）
1946 年 1 月 11 日生
東北大学卒／東京都在住

宮川 稲雪（本名：宮川 宏）
1947 年 1 月 16 日生
早稲田大学卒／埼玉県在住

雪あかり　2021 年 1 月 11 日　発行

俳句　美濃 晋平
墨絵　宮川 稲雪

製本・印刷　銀河出版舎（株式会社樹希社）
〒 602-0898 京都市上京区相国寺門前町 647
TEL 075-451-1400
http://ginga.site